할래

사랑으로 시작해서 사랑으로 끝내야 할 인생

우정태 노랫말 모음집

청어

할래
—사랑으로 시작해서 사랑으로 끝내야 할 인생

우정태 지음

발 행 처 · 도서출판 청어
발 행 인 · 이영철
영   업 · 이동호
홍   보 · 최윤영
기   획 · 천성래 | 이용희
편   집 · 방세화 | 원신연
디 자 인 · 김바라 | 서경아
제작부장 · 공병한
인   쇄 · 두리터

등   록 · 1999년 5월 3일
(제321-3210002510019990000063호)

1판 1쇄 인쇄 · 2017년 1월 20일
1판 1쇄 발행 · 2017년 1월 30일

주소 · 서울특별시 서초구 효령로55길 45-8
대표전화 · 02-586-0477
팩시밀리 · 02-586-0478

홈페이지 · www.chungeobook.com
E-mail · ppi20@hanmail.net
ISBN · 979-11-5860-460-8 (03810)

이 도서의 국립중앙도서관 출판시도서목록(CIP)은 서지정보유통지원시스템 홈페이지
(http://seoji.nl.go.kr)와 국가자료공동목록시스템(http://www.nl.go.kr/kolisnet)
에서 이용하실 수 있습니다.(CIP제어번호: CIP2017000052)

할래

 - 사랑으로 시작해서 사랑으로 끝내야 할 인생

홀로 걸어가다가
내 가슴이 활짝 열렸다.
사랑 하나로 뻥 뚫렸다.
그날로 난 웃음꽃이 피었다.
어떻게 살아야 하는지
마침표를 찍었다.
이름 모를 풀, 나무, 나비, 새, 바다
생로병사, 희로애락
집에 가고, 오는 것
사랑 주고받는 것들
이 세상은 모두 하나로 통한다.
나는 기쁘고 행복하다.
이제 또 다른 시작이자 인생이다.
저 넓은 새로운 세상을 향하여
신나게 노래하며 춤추며 가자.
Fighting!

이 책은 내 꿈을 펼치며 사랑하며 살고 싶은
모든 사람들에게 전해주고 싶은 마음에 만들게 되었습니다.

사랑, 열정, 도전, 용기, 인내, 정성, 신념, 자신감, 의지, 희망 등 난 이런 단어가 좋습니다.

이런저런 고민을 해보고 이러쿵저러쿵 생각을 해봅니다.

이 세상을 살아가다 보면 정답 없는 길을 걸어가지만, 사는 동안 우리들은 아름다운 삶에 눈을 떠야 합니다. 어떤 삶을 살 것이지, 무엇을 해야 하는지, 어떻게 사는 게 올바른지, 가슴이 가리키는 대로 믿음을 가지고 살아야 한다는 것을 누구나 알고 있지만, 뜻대로 안 되는 게 인생살이, 참 어렵고 힘들게 느껴집니다.

사랑, 사랑, 사랑이란 이 글을 쓰는 순간에도 심장이 쿵쾅쿵쾅 두근거리며 너무 가슴이 뛰고 설렙니다. 사랑을 하면 아침에 눈을 떠서 저녁에 잠들 때까지 언제나 기쁘고 즐거우며 행복으로 까르르 까르르 웃음이 가득 차오르고 기분이 좋아 흥얼거립니다. 또 희망과 꿈이 넘치고 새싹처럼 환한 싱그러움이 가득 피어납니다.

매일매일 I love you, I love you, love, love, love 하면서 철없는 아이같이 장난치며 신나게 노래하고 춤추며 살고 싶습니다. 우리 모두 사랑받고 사랑 주는 것, 정말 사랑 속에서 사랑만으로 삶을 이루며 살아 보아요. 지금 이 순간 우리의 삶은 사랑으로 시작하여 사랑으로 끝나니까요. 우리는 참사랑을 알 때 다시 태어나는 황홀한 기쁨을 만끽합니다. 그것이 바로 참 자신이고 자아입니다. 이것이 바로 깨달음이라는 느낌 아닐까요?

언제나 삶은 내가 날개를 펼치고 날아가는 만큼 세상을 껴안고 꿈꾸고 가는 것이니까요. 비바람이 불고 눈보라가 닥쳐도 뚫고 나갈 당신만의 고유의 힘이 있잖아요. 노력 앞에 하늘은 스스로 돕는 자를 돕는다고 하잖아요. 몇 번씩 넘어져도 또 일어나는 게 우리의 삶입니다.

눈을 감고 가만히 생각해 보면 건강하게 살아있다는 것은 최고의 아름다움이자 행복입니다. 내 마음먹기에 따라 또 다른 세상을 만들어 가니까요. 내 인생을 기쁘고 슬프게 하는 것, 행복이나 불행, 천국이나 지옥은 모두가 내 한끝의 생각일 뿐, 즉 나만의 감정에 빠져서 허우적대는 것일 뿐, 그것은 아무것도 아니라는 사실입니다. 이제 우리는 조금 욕심을 낮추고 마음을 비우며, 거짓 욕망의 찌꺼기를 내려놓는 참자신이 되어야 합니다. 그러면 더욱 상쾌하고 부드러운 일상을 맞이할 수 있을 거라 봅니다.

　오늘 저녁에는 별빛 달빛을 마주하며 살며시 소파에 앉아 커피 한 잔을 마시며, 아주 아주 천천히, 아주 아주 편안히, 한 페이지씩 이 책을 음미하시길 바랍니다. 아무쪼록 당신의 마음에 조금은 살짝 편안해지고 아늑해지는 향기로운 노래 가사이자 다정한 시이었기를 바래봅니다.

　이 책이 나오기까지 도움을 주신 많은 분들에게 고마움과 감사드리며, 언제 어디서나 모두 모두 행복하시고, 언제나 사랑으로 축제의 삶을 이루시길 바랍니다.

　함께합니다. 사랑합니다. 감사합니다. 고맙습니다.

　I love you.

　　　　　사랑 안에서 향기 나는 삶의 축제를 펼쳐라
　　　　　　　　　　　우정태

1. 야수

2. 그대와

3. 하하 호호

4. 늑대와 여우

5. 왜 몰라

6. 아가씨

7. 내 꿈을 쏴라

1
야수

저 광야 속 너만 원해
넌 아니라 고갤 돌려도
영영 내꺼 같아 mmmm
영영 내꺼 같아
슬며시 다가가 난

．
．
．
．
．
．
．
．
．

너 만나러 가는 길

너 깜짝 놀랄 거야
너 만나러 가는 길
시간은 보지 말아요
너만을 생각해

돌아가진 마세요
빠른 길로 걸어가
한 손에 장미꽃 들고
쉬지 말고 가세요

날 정말 기다릴까
아무 약속 없는데
너를 있는 그대로
지금 만나러 갑니다

돌부처

언제 오실까
애타는 심정

기다리는 한 사람
집 앞 바라봐

왜 오지 않나
왜 이리 늦나

돌아온단 그 약속
철석같은 밤

이렇게 저렇게
두 손 모은 긴 세월

가슴 헤이는 네 여인
돌부처 되네

이렇게 저렇게
두 손 모은 긴 세월

가슴 헤이는 네 여인
돌부처 되네

단 한 사람

하루만 좀 더 살아요 하루만 좀 더 원해요
하루만 서로 바라봐 부드럽게
하루만 좀 더 안아줘요
네가 내 안에 자리 잡아
언제라도 뛰어들 것 같아 웃으면서

달콤한 속삭임 함께했던 시간 축복 우리 축제
좋아해 사랑해 널 매일 숨 쉬던 날
꼭 다짐해 진실로 꽉 안을래요

가슴이 자꾸만 메어와 얼마나 아프고 소중한지
영원토록 세월 흐르면 잊혀질까 홀연히

너무나 사랑해 너를 사랑하는 영혼 나의 운명
눈물 나 힘겨워 난 오직 한 사람만
죽어서도 영원히 널 지킬게요

단 한 번 살아가는 세상 오직 꿈은 하나 너야
사랑아 혹 불타라 bebe
내려 내려라 빗물처럼 너를 위한 끝 사랑아

너무나 사랑해 너를 사랑하는 영혼 나의 운명
눈물 나 힘겨워 난 오직 한 사람만
죽어서도 영원히 널 지킬게요

야수

가시 장미 같은 세상
심장이 떨린 오늘 밤
정말 야수 같아 정말 야수 같아

저 광야 속 너만 원해
넌 아니라 고갤 돌려도
영영 내꺼 같아 mmmm 영영 내꺼 같아

슬며시 다가가 난

네 주위 돌며 칼날의 눈빛
예고 없이 달려가 너에게
순간 허를 찌르며
품에 안길 때까지
everything 난 야수 같아 정말 야수 같아
검은 늑대 baby
everything 난 야수 같아 정말 야수 같아
oh oh baby

너 살려 달라 외쳐도
발버둥 쳐도 더 조여가
정말 야수 같아 (나도 몰래)
정말 야수 같아 mmmm yeah

슬며시 다가가 난 (every time)
밤마다 더 야수 같아

네 주위 돌며 칼날의 눈빛
예고 없이 달려가 너에게
순간 허를 찌르며
품에 안길 때까지
everything 난 야수 같아 정말 야수 같아
검은 늑대 baby
everything 난 야수 같아 정말 야수 같아
oh oh baby

목이 말라 나는
멈출 수가 없어
더욱 다가가 난 다시

네 주위 돌며 칼날의 눈빛
예고 없이 달려가 너에게
순간 허를 찌르며
품에 안길 때까지
everything 난 야수 같아 정말 야수 같아
검은 늑대 baby
everything 난 야수 같아 정말 야수 같아

oh oh baby

야수 같아 야수 같아 야수 같아 야수 같아 야수 같아
oh oh baby
everything baby 난 야수 같아 야수 같아
oh oh baby

영원한 친구

내 젊음 안고 어디로 가나
수많은 사람들 속에

꿈을 품고 나아가면
아름다운 세계 보여

넓은 바다에 갈까
높은 산으로 갈까

내 맘이 나에게 하는 말
처음 마음 잃지 마라

좋아 그래 끝까지 간다
두려운 건 스스로뿐
멈추지 않아
내일은 내일의
해가 뜬다 영원한 친구

함께 걸어요

봄날일까요 천국 같아요
우리끼리 손잡고 함께 걸어요
두 눈 사이엔 꿈이 빛나요
사이좋게 발맞춰 둘이 걸어요
하루가 다르게 해 뜨고 해 져요
영원토록 당신이 미치도록 좋아요
정말 신나요 너무 사랑해
모진 바람 불어도 함께 걸어요
모진 바람 불어도 함께 걸어요
모진 바람 불어도 함께 걸어요
함께 걸어요

소풍 가는 날

금요일 봄날 아침부터
어떤 옷을 입을까

기다리고 기다린 소풍
설레고 설레

어제는 잠도 한숨 못 자고
기분 좋아 햇살 아래

나는 나는 정말 나는 오늘만
매일 손꼽아

oh 김밥 몇 줄 과일에
신나게 노래 부르며

나 그대만을 데리고
그 누구도 몰래

그대와 소풍
웃으며 가자
둘이서 춤추며

아주 멋진 꿈을 찾아
사랑한 그대와

천년만년

당신과 오래오래 같이 살래
영원히 우리 희로애락 사랑해
죽을 때도 같이 죽고
천년만년 서로 같이 살래

한여름의 꿈

내 님 얼굴에
향기가 어려

한여름의 꿀처럼
흐른 사랑에

내 맘이 날아
기쁨에 잠겨

나는 나는 좋아서
깔깔 웃구나

얼씨구 절씨구
살고 싶은 내 인생

바람 앞에도 단둘이
발맞춰 가네

얼씨구 절씨구
살고 싶은 내 인생

바람 앞에도 단둘이
발맞춰 가네

안녕

그대여 잘 살아요
이제는 잘 있어요

돌아서 다시 바라보니
그대가 예뻐 보여

후회할 일 없을 거라
미안할 것 없다 하여도

그대와 나 십 년이죠
세월 따라 변해가죠

서로 다른 길에
잘 가세요 잘 가세요 안녕

가는 세월

가는 세월 그 누가 막을까
하늘아 제발 좀
나에게 말해줘
어느 누가 내 사랑 품을까
아무리 목메도
잡을 수 없어라

한 번 뿐인 우리 인생
불꽃을 태우리라
나는 나는 무얼 위해
오늘을 사는가

가는 세월 그 누가 막을까
시간아 멈춰라
내 사랑 어이해
어느 누가 별 하나 비추나
죽도록 꿈꿔도
웃을 줄 몰라라

주인공

이 거친 세상 웃으며 나아가고
낡은 옷은 확 벗어던지자
나를 되찾기 위해
어둠을 몰아내고 흔들리지 않도록

비바람 불어도 두려워하지 마
날 위한 사랑과 사는 것
더 이상 쓰라린 상처에 울지 않게
저 높은 하늘로 날아가

나를 찾아줄 건 자신뿐
거듭 주문을 걸어줘
할 수 있는 가슴
내가 바라는 것을 위해
매일 서 있는 난 주인공
내 안 가슴 열어
세상 벽을 넘어
내일을 향해
오늘을 사는 난 주인공
이 순간을 신나게 살자

잘 될 거야 굴하지 않게 가고
나 재미있는 그걸 즐기면 돼

망설이지 마라 똑바로 꿈을 향해
난 지금 앞만 보일 뿐

저 높은 곳으로 희망을 안고서
더 좋은 세상 만들어
행복한 웃음에 모두가 하나 되는
길 위해 힘차게 뛰어가

나를 알아줄 건 자신뿐
자꾸 새로운 눈을 떠
할 수 있는 가슴
잠들어 있는 나를 깨워
매일 서 있는 난 주인공
불끈 주먹 쥐고
밝은 새벽 열어
한계는 없어
오늘을 사는 난 주인공
힘들어도 끝까지 간다

나를 찾아줄 건 자신뿐
거듭 주문을 걸어줘
할 수 있는 가슴
내가 바라는 것을 위해

매일 서 있는 난 주인공
내 안 가슴 열어
세상 벽을 넘어
내일을 향해
오늘을 사는 난 주인공
이 순간을 신나게 살자

이별

엉엉 울어요 너무 사랑해
끝없이 좋아 날 떠나지 마
엉엉 잡아요 너무 아파요
내 님이 이제 사라져 가요
어떻게 사나 막막한 세상
비바람 부나 앉으나 서나
정말 못 잊어 너무 서글퍼
영원히 우리 멀어져 가리

어떻게 사나 막막한 세상
비바람 부나 앉으나 서나
정말 못 잊어 너무 서글퍼
영원히 우리 멀어져 가리

2
그대와

편안하게 머무는 시간
한가하게 보내는 저녁
멀리 새가 날아가는 바다
등댓불 밝아져 오는 밤

아이처럼

날마다 아이처럼 웃고 싶어
나는 좋아 널 바라봐
너만이 설레며 울고 웃겨
매일같이 너만을 정말 사랑해

날마다 아이처럼 웃고 싶어
나는 좋아 널 바라봐
오로지 사랑만 하고 싶어
기도할게 우리 서로 소중히

너밖에 보질 않아 자나 깨나
운명처럼 빠져들어
꿈꾸며 날아가고파

날마다 아이처럼 웃고 싶어
나는 좋아 널 바라봐
언제나 변함없이 아껴줄래
약속할게 너와 함께 영원히

너밖에 보질 않아 자나 깨나
운명처럼 빠져들어
꿈꾸며 날아가고파

날마다 아이처럼 웃고 싶어
나는 좋아 널 바라봐
언제나 변함없이 아껴줄래
약속할게 너와 함께 영원히

낮은 곳을 향하여

하나둘 모두
거리로 나와
손에 손잡고
촛불을 켜자
광화문 걸으며 제발
하야만 하소서

더 나은 내일을
가꿔 나가길
우리는 한마음
함께 가는 나라
바람 부니까 제발
하야만 하소서

작은 새 소망 하나로
촛불 모여 햇불 되듯
꿈이 길이 되듯이
낮은 곳을 향하여

이제 이제 바꿔
오늘 이 순간
외쳐 소리쳐
사랑의 꿈을

이 세상 위하여 영영
희망만 주소서
희망만 주소서

그리워

모란꽃 지던 그 날
미칠 것 같은 세상
그대는 지금 어디에
못 잊어 그리워
돌아와 제발

그대와 영영
발맞춰 걷고 싶어
삶이 다하는 날까지
언제나 그리워
너무 그리워

그리워 그대 내 사랑
그리워 그대 내 운명
영원히 그대 내 사랑
그대 내 운명
la~ la~ la~

하룻밤 만리장성
내 맘을 빼앗고서
그대는 지금 어디에
못 잊어 그리워
돌아와 제발

그대와 영영
발맞춰 걷고 싶어
삶이 다하는 날까지
언제나 그리워
너무 그리워

그리워 그대 내 사랑
그리워 그대 내 운명
영원히 그대 내 사랑
그대 내 운명
그리워 그리워 그리워

연인

글쎄 언제부턴가
사랑하는 사람
빙빙 돌아서 찾았나
사이좋게 오늘 우리 만나자
옛날 발길 따라
지금 단둘이 손잡고
근처 가까운 소소한 맛집
학교 그 거리 걸어가면서

웃어보네요
탐스런 입술 예쁜 가슴 oh
설령 안아주진 못해도
첫사랑 소녀야
네가 너무 좋아
아주 조용히 키스해줘요
오랜 친구와 동지이네요

웃어보네요
탐스런 입술 예쁜 가슴 oh
설령 안아주진 못해도
첫사랑 소녀야
네가 너무 좋아
아주 조용히 키스해줘요
오랜 친구와 동지이네요

내 사랑 영원히

그대 사랑 내 사랑 영원히
오늘 이 순간도
내 사랑 영원히
처음부터 끝나는 날까지
세월이 흘러도
내 사랑 그대만
눈물 나게 힘들어도
좋은 날 나쁜 날도
매일매일 그대 찾아
날아서 가누나
그대 사랑 내 사랑 영원히
오늘 이 순간도
내 사랑 영원히
처음부터 끝나는 날까지
세월이 흘러도
내 사랑 그대만

사랑했나요

이젠 그댈 마주하지 못해요
끝내 떠나갈 수밖에 없어서
아파해요 아파했어요
약속을 깨야 했던 못난이라서

가슴으로 그댈 붙잡죠
왠지 그대 나를 떠나갈까 봐
미안해요 미안했어요
투정만 부렸던 나 철부지라서

사랑했나요 사랑했었나요
너무 가슴 아파서 너무 그리워져서
그대 아픈 상처만 못난 그리움만
행복은 그대일 뿐인데

슬퍼 마요 용서 말아요
아껴주고 위해 주지 못 해서
후회돼요 오해했어요
이해도 못 해줘서 안쓰러워요

미워했나요 미워했었나요
너무 해준 게 없어 너무 보잘것없어
그대 향한 미안함 끝내 고마움만

정말 그댄 괜찮은가요

외로워 아파 울어요 보고 싶어요
키를 낮춰 기도드려요

사랑했나요 사랑했었나요
너무 가슴 아파서 너무 그리워져서
그대 아픈 상처만 못난 그리움만

그대만이 지금까지 내 맘에
영원히 그대를 사랑해

나비야

나비 나비 나비야
꽃밭으로 가자

그곳은 천국의 세상
사랑 가득한 곳

내 맘 따라 피는 나라
에헤야 데헤야

봄바람이 불어오면
너무나도 좋아

그대만 내 사랑

그대와 둘이 춤을 추는 밤
나도 모르게 정신이 없어
정말 그대만 내 사랑인 걸

비바람 불고 눈보라 쳐도
진정 좋아하였기에
후회 없어요
나는야 오직 하루를 살아도
정말 그대만 내 사랑인 걸

지금 이 순간 있는 그대로
그대 영원히 너무 소중해
정말 그대만 내 사랑인 걸

앉으나 서나 자나 깨나
진정 좋아하였기에
후회 없어요
나 첨부터 끝까지
정말 그대만 내 사랑인 걸

그대와

창가에 앉아서 그대와 둘이서
바라본 노을 점점 더 붉어져 가

편안하게 머무는 시간
한가하게 보내는 저녁

멀리 새가 날아가는 바다
등댓불 밝아져 오는 밤

우리 서로가
달빛으로 감싸
꿈이 환히 비추도록

창가에 앉아서 그대와 둘이서
바라본 노을 점점 더 붉어져 가

부드럽게 부르는 이름
둘도 없는 환상의 커플

주고받고 웃으면서 지내는 날
그대만 알고 듣고 볼 것

정말 영원히

사랑 안에 함께
이 세상 끝난 날까지

행복하게 달콤하게 즐기는 꿈
그대만 안고 살아갈 것

정말 영원히
사랑 안에 함께
이 세상 끝난 날까지

불(Fire)

해가 뜬다 떨리는 심장 내 꿈 향해 달려나가
선택 완료 한다면 한다 덤빌 테면 덤벼봐

칼이 목에 들어와도 아닌 것은 아닌 거야
내 맘에 귀 기울여봐 내 자신과 싸움일 뿐

흔들리지 마 눈치 보지 마 당당히 멋지게 사는 거야
주문을 걸어 하면 된다고 뜨거운 심장이 뛸 때까지
내 꿈을 쏜다

멈추지 마 안 되면 되게 산을 뚫어 길을 낸다
아침부터 잠들 때까지 내 열정을 불살라

용기를 내 두드려봐 내 맘 열어 가슴 깊이
하루하루 시작이야 죽더라도 후회 없게

흔들리지 마 눈치 보지 마 당당히 멋지게 사는 거야
주문을 걸어 하면 된다고 뜨거운 심장이 뛸 때까지
내 꿈을 쏜다

거친 세상에 속더라도 자신 있게 나아가
처음 그 마음처럼 정말 불꽃처럼 나를 태워

기죽지 말고 포기하지 마 캄캄한 어둠이 몰려와도
두려워 말고 한눈팔지 마 내일은 내일의 해가 뜬다
원하는 대로 하고픈 대로 내 맘이 가고픈 길을 떠나
두려워 말고 한눈팔지 마 내일은 내일의 해가 뜬다
내 길을 간다

이 밤

이 세상이 달라져도 시간이 지나가도
널 사랑한 추억은 언제나 변하지 않아
웃어 봐도 울어 봐도 매일 너만 생각나
아무 일도 없는 듯 살 수 있을까

함께한 하루하루 익숙한 여린 손길
너의 잔소리 네 숨소리 너이기에 눈물 나
눈을 감으면 출렁이는 너라는 바다에 빠져
이렇게 너를 그리워해

이 밤 음악이 들려오고 나는 멍하니 있고 그대만 가득하네
이 밤 별들도 반짝이고 어설픈 내 마음을 바람이 스쳐가네
이 밤

이 밤 새들은 잠이 들고 나는 텅 비어 있고 달빛만 서성이네
이 밤 창가에 홀로 앉아 어두운 내 가슴을 그대가 채워주네
이 밤

달 비치는 밤 작은 내 꿈을 담아 보낸다
부메랑처럼 네 곁으로 결국 되돌고 있어

이 밤 새들은 잠이 들고 나는 텅 비어 있고 달빛만 서성이네
이 밤 창가에 홀로 앉아 어두운 내 가슴을 그대가 채워주네
이 밤

너야

처음부터 바라봐 나 혼자 몰래
서로가 편하게 지낼 수 있길
처음부터 그냥 난 둘도 없는 친구이길
아직은 왠지 좀 더 쉬운 사이 원할 뿐

oh oh 이상해져
oh oh 불꽃처럼
oh oh 뜨거워져
둘만의 언어 더해지는 시간

난 난 몰라 어떡할 건지
월 화 수 목 금 토 일 모두 다
내 모든 것은 네게 달렸어 오직 단 한 사람 너야

그날부터 다가가 곁에 가면 네 향기
네 심장의 거친 숨소리
못 잊을 이 밤 내 맘을 두드리면
견딜 수 없는 나 폭풍에 휩쓸려가

oh oh 신이시여 뼛속부터 머리까지 짜릿해
나 나 사로잡혀
눈을 뗄 수 없어 너에게 빠져 미쳐 가
난 난 몰라 어떡할 건지

월 화 수 목 금 토 일 모두 다
내 모든 것은 네게 달렸어 오직 단 한 사람 너야

격렬히 격렬히 격렬히
너만을 너만을 너만을
내 사랑은 매일
너야
격렬히 격렬히 격렬히
너만을 너만을 너만을
내 사랑은 매일
너야

이러쿵저러쿵 소문이 나더라도
세상 끝난다 해도 두렵지 않아
난 영원토록 변하지 않아
정말로 좋아해 널 사랑한다고 oh oh

난 난 몰라 어떡할 건지
월 화 수 목 금 토 일 모두 다
내 모든 것은 네게 달렸어
오직 단 한 사람 너야
난 난 몰라 어떡할 건지
월 화 수 목 금 토 일 모두 다

내 모든 것은 네게 달렸어
오직 단 한 사람 너야

바라만 봐도

바라만 봐도
너무 좋아요

사랑한다고
말은 못해도

바라만 봐도
정말 멋져요

이미 내 맘은
그댈 찾아요

바라만 봐도
숨이 막혀요

처음 본 그 날
홀딱 반해서

바라만 봐도
활짝 웃어요

이제 내 삶이
그댈 꿈꿔요

바라만 봐도
활짝 웃어요

이제 내 삶이
그댈 꿈꿔요

3
하하 호호

세상 앞에 시간 속에
흔들리지 마라
사랑 앞에 우정 안에
눈치 보지 마라

Miracles

내 꿈 높은 곳
저 태양 바라봐
이 뜨거운 심장이
가슴 뭉클해

노래 부른다 볼 수는 없더라도
들을 수가 있는 노랠

볼 수 있는 것, 보지 못한 것
여기 이 세상 전부가 (서로가) 기적

이것저것 다
알 수 없다는 것을
안다는 진실은
마법

알 수 있는 것, 알지 못한 것
여기 이 세상 전부가 (서로가) 기적
사랑의 열정
비춰가는 얘긴 걸
이 노랠 느껴가는 (누구나) 마력

타오르는 불꽃같이 뜨겁게

난 흔들림 있어도 뚫고 나갈
나만의 열쇠를 갖춰 가

바람 불어요
내 노랠 싣고서
이 지구 위 생명체
마음 끝까지

살아 있는 것, 죽어 있는 것
여기 이 세상 전부가 (서로가) 축복
존재의 의미
지켜가는 얘긴 걸
이 노랠 느껴가는 (누구나) 마력
My miracles
My miracles

우리

우리 햇살같이 꿈이 되는 마음 괜찮아
우리 둘이서 즐거워 서로 완전 좋아해
우리 아름다워 바라만 봐도 정말 잘 맞아
그 누가 뭐라 해도 두려워 마
눈이 오는 세상
그대만을 좋아하니까
지치고 힘들어도
서로 이해하며 아껴줘
처음부터 끝까지
영원토록 사랑해
우리 만남부터 죽는 날까지
운명

우리 햇살같이 꿈이 되는 마음 괜찮아
우리 둘이서 즐거워 서로 완전 좋아해
우리 아름다워 바라만 봐도 정말 잘 맞아
그 누가 뭐라 해도 두려워 마
꽃이 피는 세상
그대만을 좋아하니까
아프고 슬퍼해도
서로 따스하게 지켜줘
아침부터 밤까지
하늘 높이 사랑해

우리 만남부터 죽는 날까지
행복

얼마나

얼마나 아프고 아파야 하나
세월이 얼마나 흘러야 잊나
그대 보고 싶어 자꾸만 그리워
너와 나 둘이서 하나로 된다면
너무 좋아 나는 영원히 춤추고파

하늘로 솟았나 땅으로 꺼졌나
아무리 불러도 대답이 없어
정말 찾고 싶어 꿈꾸며 살고파
웃거나 울거나 그대 함께라면
너무 좋아 나는 영원히 춤추고파

또다시 우리가 사랑한다면
세상이 얼마나 변해야 되나
그대 보고 싶어 자꾸만 그리워
너와 나 둘이서 하나로 된다면
너무 좋아 나는 영원히 춤추고파
영원히 춤추고파

그대 생각

아름다운 세상 만남
둘만의 우리 사랑아
나도 모르게
그대 혼자서
떠나가지 마라
눈 시리게 아픈 날
비가 줄줄 내리고
오로지 그대 생각
아무 말도 없이
이 밤에 너무
외로워요

아름다운 세상 인연
둘만의 우리 사랑아
나도 모르게
그대 혼자서
떠나가지 마라
눈 시리게 아픈 날
비가 줄줄 내리고
오로지 그대 생각
아무 말도 없이
이 밤에 너무
그리워요

지켜줄래

너만을 꿈꾼 세상에
매일 안고 안고 사는 걸
모든 걸 함께하는 사람아
둘만이 좋아 변하는 이 세상 앞에

너만이 나를 위한 목숨조차 내려놓잖아
바람처럼 흘러가는 인생아
살아가기 위해 망설이는 내 맘 앞에

너에게 말을 하고파
정말 사랑 사랑한다고
소중해 갖고 싶은 사람아
너무나 좋아 영원히 지켜줄래
너무 좋아 영원히 지켜줄래

비가 오는 날

비가 오는 날
창가에 앉아

사랑하는 그 사람
홀로 생각나

추억에 젖어
눈물에 잠겨

멀어져 간 첫사랑
흔들리는 밤

당신만 사랑해
차마 그 말 못 잊어

이미 떠나간 저 강물
붙잡지 마라

당신만 사랑해
차마 그 말 못 잊어

이미 떠나간 저 강물
붙잡지 마라

하하 호호

세상 앞에 시간 속에
흔들리지 마라
사랑 앞에 우정 안에
눈치 보지 마라
누구나가 꿈을 꾸면
정말 할 수 있어
힘들어도 넘어져도
세상 벽을 넘어
영원히 펄펄 날아 올라가
당당히 하하 호호 웃어봐
멈추지 마 끝까지
하늘 높이 언제까지나
죽느냐 사느냐
두려울 건 없어

미움에도 거짓에도
넘어가지 마라
도전 앞에 용서 앞에
도망치지 마라
누구나가 꿈을 꾸면
정말 할 수 있어
힘들어도 넘어져도
세상 벽을 넘어

영원히 펄펄 날아 올라가
당당히 하하 호호 웃어봐
멈추지 마 끝까지
하늘 높이 언제까지나
죽느냐 사느냐
두려울 건 없어

서해 바다에서

첫사랑이 자꾸 생각나
네가 너무 보고 싶어

해 뜨는 아침 바다
노을 지는 저녁 바닷가

달 보며 홀로 걸어가
꿈과 흰 파도 일렁이는 날

미우나 고우나 너 하나만
눈이 시리도록 물들어

부르고 불러 봐도
대답 없는 목소리에 밤하늘 바라봐

눈물 나도 괜찮아
되돌아봐도
정말 너만 떠올라

보고 싶은 얼굴

보고 싶은 얼굴
그대만 사랑할래
언제나 함께할 수 있게
꿈을 꾸는 그대로
우리 하고픈 그 모든 것
저 하늘 아래 다정하게
자나 깨나 달콤하게
그대만 좋아할래

착해 너무 착해
그대만 사랑할래
우리 춤추며 살아
이 세상 끝나도록
아무리 거친 바람이 분다 해도
당당히 두 손 꼭꼭 잡아
영원히 같이

뱅뱅

이 밤에 생각나 널 찾아가
들었다가 놨다 모르는 척 널 밀고 난 당겨봐
은근슬쩍 네 뺨에 키스해
시시껄렁한 이런저런 말로 유혹해
넌 웃어넘겨 이 밤이 새도록 자꾸 내숭 떨어
촉촉하게도 baby

자나 깨나 뱅뱅 사랑스런 눈으로 달콤한 입술로 너만을
자나 깨나 뱅뱅 어제도 오늘도 내일도 언제나 내 사랑
자나 깨나 뱅뱅 자나 깨나 뱅뱅 자나 깨나 뱅뱅 자나 깨
나 뱅뱅

간지럽게 섹시하게 속삭여
크림같이 녹여줘 너밖에 없어 이 세상에

부드럽게 달콤하게 널 원해
미치도록 가장 신나게 널 좋아해
널 사랑해 너 하나만 뼛속까지 뜨겁도록 bebe

자나 깨나 뱅뱅 사랑스런 눈으로 달콤한 입술로 너만을
자나 깨나 뱅뱅 어제도 오늘도 내일도 언제나 내 사랑
자나 깨나 뱅뱅 아래부터 위까지 느끼는 그대로 너만을
자나 깨나 뱅뱅 hot하게 cool하게 자꾸만 빠져가 내 사랑

come on baby 내게로 (yeah) 와줘 (yeah) 바로 (let's go)
참을 수가 없어서 (yeah) 매일 (yeah) 너야 baby
단 하루를 살아도 너만 사랑해

자나 깨나 뱅뱅 사랑스런 눈으로 달콤한 입술로 너만을
자나 깨나 뱅뱅 어제도 오늘도 내일도 언제나 내 사랑
자나 깨나 뱅뱅 아래부터 위까지 느끼는 그대로 너만을
자나 깨나 뱅뱅 hot하게 cool하게 자꾸만 빠져가 내 사랑
자나 깨나 뱅뱅 (뱅뱅) 자나 깨나 뱅뱅 (뱅뱅)

너를 위해 살리라

잠시 후에 우리 만나자
홍대 그 카페 어찌 잊을까
사랑하기 좋은 날
심장은 강해 얼굴은 환해

숨이 차도록 뛰어가며 기분 짱 소릴 질러
처음부터 끝까지 둘만의 비밀스런 date
누구보다 재밌게 아예 유치하기
크림 같은 속삭임

사랑스런 눈빛 예고 없는 키스
oh oh 오직 너만 위하여
내 목숨을 잃어도 세상에 속더라도
oh oh 너를 위해 살리라
oh oh 너를 위해 살리라
oh oh 너를 위해 살리라

내일보다 오늘을
같이 걸으며 같이 웃으며
행복하게 노래해
세상이 눈부시게 새로워

햇살 비추는 태양처럼 너만을 지켜줄 것

뼛속부터 뜨겁다 내 눈길 닿는 모든 것
다시 태어난대도 있는 그대로를
너만 사랑할 거야

언제 어디서나 망설이지 않아
oh oh 오직 너만 위하여
단 하루를 살아도 하늘이 무너져도
oh oh 너를 위해 살리라
oh oh 너를 위해 살리라
oh oh 너를 위해 살리라

자나 깨나 너만 좋아해
누가 뭐래도 아름답게 가는 길
죽더라도 너만 사랑해
너를 따라서 친구처럼 다정히

사랑스런 눈빛 예고 없는 키스
oh oh 오직 너만 위하여
내 목숨을 잃어도 세상에 속더라도
oh oh 너를 위해 살리라
언제 어디서나 망설이지 않아
oh oh 오직 너만 위하여
단 하루를 살아도 하늘이 무너져도
너를 위해 살리라

그대 내게 온다고 하면

그대 내게 온다고 하면
너무나도 좋아
자다가도 가슴이 벅차
너무나도 좋아
그대 찾아와 웃어주면
내 맘이 나비 되어 훨훨 날아
입술에 향기 술술 풍겨오면
다가가 그대로 키스해 새하얀 바보처럼
그대 내게 온다고 하면
햇살처럼 행복해
언제나 영원히 사랑해
정말 정말 소중해

그대 내게 온다고 하면
너무나도 좋아
자다가도 가슴이 벅차
너무나도 좋아
그대 달려와 바라보면
심장이 뛰어올라 두근두근
새빨간 장미처럼 붉어져
힘껏 그대로 안아봐 미친 듯 꺼안아봐
그대 내게 온다고 하면
햇살처럼 행복해

언제나 영원히 사랑해
정말 정말 소중해

내게 찾아와 웃어주면
내 맘이 나비 되어 훨훨 날아
입술에 향기 술술 풍겨오면
다가가 그대로 키스해 새하얀 바보처럼
그대 내게 온다고 하면
햇살처럼 행복해
언제나 영원히 사랑해
정말 정말 소중해
언제나 영원히 사랑해
정말 정말 소중해

달빛 같은 그대여

매일 그대 보고 싶어 너무 그리워요
그대 한 사람 그대 내 사람 달빛 같은 그대여
매일 그대 보고 싶어 너무 그리워요
그대 단 하나 그대 내 사랑 달빛 같은 그대여
제발 돌아와요 사랑하는 그대여
영영 함께해 줘요 이 세상 끝날 때까지
매일 그대 보고 싶어 너무 그리워요
잊을 수 없는 지울 수 없는 달빛 같은 그대여

제발 돌아와요 사랑하는 그대여
영영 함께해 줘요 이 세상 끝날 때까지
매일 그대 보고 싶어 너무 그리워요
잊을 수 없는 지울 수 없는 달빛 같은 그대여
잊을 수 없는 지울 수 없는 달빛 같은 그대여

4
늑대와 여우

밤에는 애인이 되며
낮에는 연인이 되네
아 매일 뜬구름처럼
새로운 세상아

●
●
●
●
●
●
●
●

황홀

자유로워요 그대만을 웃으면서 보고 있는 이 시간
나도 모르게 나 그저 기뻐요 너무 편안해요

부드러운 노래가 흐르고 햇살은 따뜻해
조용히 손을 잡아 봐요
얼굴 붉혀 오면 왠지 수줍어
그대가 눈이 부셔 더욱 예쁘게 보여요

널 위해 내 맘 모두 줄래요
한가로운 오늘이 아기같이 포근해
모든 것이 아름다워 기분 좋은 세상
그대가 너무 좋아요

기도드려요 아침부터 저녁까지 매일같이 즐거워
그대 알면서 난 이제 알아요 그대 소중해요

웃어 봐요 생각에 잠기어 하늘 높이 날아
가벼운 맘에 잠을 자요
눈을 뜨자마자 그대 생각나
하루를 시작하는 문자 멋지게 보내요

이런 게 정말 사랑일까요
그전에는 몰랐던 색다른 설레임

자나 깨나 상쾌해요 하루하루 마냥
사랑만 하고 살래요

그대 보면서 손잡고 말해요
함께라면 두려운 거 무서울 거 하나 없다고

고마워 너무나도 고마워
죽을 만큼 행복해 그대만이 내 전부
평생토록 다정하게 아껴주고 싶어
사랑해 정말 사랑해

사랑만으로

사랑할수록
떠날 수 없어

기쁘거나 슬퍼도
내겐 당신뿐

가슴이 뛰어
미치게 좋아

너무 꿈만 같아서
숨도 못 쉬네

둘이서 새긴 정
사연 따라 물들어

죽는 날까지 영원히
사랑만으로

둘이서 새긴 정
사연 따라 물들어

죽는 날까지 영원히
사랑만으로

한가위

고향 가는 길
세상에 갇혀

가깝고도 먼 마을
지는 노을에

가슴이 아파
슬픔에 잠겨

나도 몰래 숨어서
눈물 훔치네

어머니 아버지
기다리는 내 고향

가지 못하는 이 발길
애타는 마음

어머니 아버지
기다리는 내 고향

가지 못하는 이 발길
애타는 마음

킹콩

아무 말하지 마 어떤 인물인지
나 홀로 빠져버린 못난 내 사랑
믿거나 말거나
한방으로 날 구한 거인
진짜 영웅처럼
나에게는 멋진 왕자
오늘부터 내 맘이 확 타오를까
사이좋게 밤새도록
가슴으로 날 구해 주렴
킹콩 킹콩 그대 같이 가
킹콩 킹콩 그대가 눈부신 세상
그대를 사랑해

아무 말하지 마 어떤 인물인지
나 홀로 빠져버린 못난 내 사랑
웃거나 울거나
꿈을 위해 달리는 사람
정말 선수처럼
그 누구보다 잘난 남자
오늘부터 내 맘이 확 타오를까
사이좋게 밤새도록
가슴으로 날 구해 주렴
킹콩 킹콩 그대 같이 가

킹콩 킹콩 그대가 눈부신 세상
그대를 사랑해

오늘부터 내 맘이 확 타오를까
사이좋게 밤새도록
가슴으로 날 구해 주렴
킹콩 킹콩 그대 같이 가
킹콩 킹콩 그대가 눈부신 세상
그대를 사랑해

그대 없는 이 세상

그대 제발 다가와 키스해줘요
그대 자꾸 기다려 보고 싶어

오늘 밤에는 함께 잠들고파
품에 안겨서 웃으며 말해 줘요

그대 이젠 돌아와 서로 좋아해
그대 너무 그리워 우리 사랑해

오늘 밤에는 함께 잠들고파
품에 안겨서 웃으며 말해 줘요

그대 이젠 돌아와 서로 좋아해
그대 너무 그리워 우리 사랑해

옛 사람

거릴 걷다가
우연히 알아봤어
옛날 그 사람

정말 죽을 만큼
좋아한 사람

막 뛰는 내 가슴
터질 것 같아
붉게 타올라

나 어떻게 할까나
고갤 돌릴까
말을 걸어볼까나
이름 불러볼까

어쩔 줄 몰라
애가 탄 지금 순간
미칠 것 같아
눈물 나는 얼굴

우주

우주 나의 곁에 어깨를 살며시 기대봐
우주 힘들어도 서로 아껴주며 살자

아 바보처럼 너는 어디 보고 있나 오늘도
황량한 세상 속에
바람 불어와도 함께

우주 자나 깨나 나만 바라봐 정말
우주 나의 사랑 따라 행복을 꿈꿔

아 바보처럼 너는 어디 보고 있나 오늘도
황량한 세상 속에
바람 불어와도 함께

우주 자나 깨나 나만 바라봐 정말
우주 나의 사랑 따라 행복을 꿈꿔

늑대와 여우

너는 날 좋아한다고
나는 널 사랑한다고
오늘도 자주 말을 해
종종 바꿔서 듣곤 해
잠자면 아기가 되며
눈 뜨면 친구가 되네
아 매일 첫사랑처럼
새로운 세상아
너는 날 오빠라 하며
나는 널 자기라고 하네
오늘도 너무 달콤해
정말 사랑해 행복해

밤에는 애인이 되며
낮에는 연인이 되네
아 매일 뜬구름처럼
새로운 세상아
너는 날 늑대라 놀려
나는 널 여우라고 불러
오늘도 너무 달콤해
정말 사랑해 행복해
오늘도 너무 달콤해
정말 사랑해 행복해

세상길

저 높은 곳으로
자꾸 걸어가면
우리 모두 갈 수 있어
자나 깨나 앞으로
아무리 비바람이 불어와
벼랑 끝이라 생각되어도
세상 앞에 포기하지 않아
당당히 나아가

천 년이 남아도
단 하루 살아도
내 길 향해 달리는 것
아름다운 세상길
아무리 힘들어도 괜찮아
내일 위한 그 길
달아나지 마
하늘 높이 가슴 따라 꿈꿔
사랑 안으로

태양

꿈을 향해 나아가면
하늘 높이
힘껏 날 수 있어
내 갈 길이 멀다 해도
할 수 있다고
꿈을 향해 달려나가
운명 앞에 두려울 것 없어
흔들리지 마 겁먹지 마라
천년만년

시작하자
아무리 슬퍼도
나는 울지 않아
가슴 깊이
주먹 불끈 쥐고
당당하게 나아가
거친 바람 불어와도
자나 깨나 죽는 그 날까지
살아 있는 한 뜨겁게 살자
영원토록

별

지친 일상 지루한 시간
나는 길을 잃었어
난 어디로 가는지
무얼 해야 하는지
내 맘이 좋아하는 꿈을 위하여
귀 기울여 내 자신 찾아
백 년이든 천 년이든
가고 싶어 저 높은 곳으로
절대 포기하지 않아
단 한 길만

첨부터 끝까지
앞만 보고 시작해
나아가 나아가
아무리 험난해도 원하는 대로
내 길 걸어가 내 꿈을 쏜다
강철 같은 신념을 가져라

또 다른 창을 열어 신세계를 펼쳐
희망으로 더 새롭게 저 하늘 끝까지

포효하는 사자처럼 나만의 무기를 가져
우리 모두 함께 나갈 운명

미쳐봐 미쳐봐
저 넓은 세상 향하여
미쳐봐 미쳐봐
오늘도 내일도
심장이 내 심장이
터질 때까지

아무리 고달파도 한다면 한다
난 달라 울지 않아 후회하지 않는다
웃음이 세상에 넘치도록
중심을 갖고서 사랑을 위하여

길을 가 길을 가
오직 이 세상 위하여
언제나 영원히
더 크게 더 높게
날아가
함께 하는 꿈
죽는 날까지
촛불처럼 자신을 태워봐

울랄라(짝사랑)

널 보면 울랄라 쿵쿵쿵 울랄라 찌리릿 울랄라
너만 보여 너만 보여 쿵쿵쿵 울랄라 너만 보여 너만 보여

널 첨 만나본 순간 몸이 얼어 버렸어 온 하루 너로 가득
몰래 좋아한 나 나 홀로 북 쳐 장구 쳐 아픈 가슴앓이만
말을 못해 미칠 것만 같아 다가갈 듯 말듯해

죽도록 숨이 턱 막혀 (난) 자꾸만 쩔쩔매고 (난)
바라보는 외로움 (oh) 내겐 너무나 멋진 남자야

혼자 설레임 언제나 네 주월 맴돌아
좋아한다고 널 사랑한다고 내 맘 당당하게 전할래
널 보면 울랄라 쿵쿵쿵 울랄라 찌리릿 울랄라

매일 학교에 가면 제일 먼저 너를 찾는 눈
나도 몰래 훔쳐볼 뿐 사탕같이 달콤해

볼수록 섹시한 눈빛 (넌) 완벽한 표준 몸짱 (넌)
빠져드는 목소리 (넌) 내겐 너무나 멋진 남자야

혼자 설레임 언제나 네 주월 맴돌아
좋아한다고 널 사랑한다고 내 맘 당당하게 전할래
널 보면 울랄라 쿵쿵쿵 울랄라 찌리릿 울랄라

쿵쿵쿵 울랄라 찌리릿 울랄라 너만 바래 너만 바래 울랄라
너만 바래 너만 바래 울랄라 부드럽게 부드럽게 바라봐
부드럽게 바라봐 바라봐 부드럽게 부드럽게 바라봐 부드럽
게 부드럽게

혼자 설레임 언제나 네 주윌 맴돌아
좋아한다고 널 사랑한다고 내 맘 당당하게 전할래
널 보면 울랄라 너만 바래 너만 바래 쿵쿵쿵 울랄라 너만
바래 너만 바래
찌리릿 울랄라 너만 바래 너만 바래 쿵쿵쿵 울랄라 너만
바래 너만 바래 찌리릿 울랄라

비 내리는 날

나 홀로 텅 빈 집으로
익숙한 길을 걸어가

점점 야위어 가는 모습
껴 앉으며
내가 좋아한 그 남자
쉴 곳 잃은 외로운
작은 내 가슴

잊은 척 애를 써도
생각나는 사람

잠 못 이루고 뒤척이던 깊은 밤
그대만 정말 떠올라

가눌 수 없는 내 사랑
보고 싶은 얼굴
참을 수 없어 미치도록
그리워
죽을 것 같은 괴로움

제발 내 곁에 돌아와 줘
눈물 나
지을 수 없어 영원히

5
왜 몰라

마치 새로 태어난 듯이
모든 세상 달라 보여서
운명처럼 눈이 부셔와
새로 다시 태어난 듯이

●
●
●
●
●
●
●
●

소원

정말 할 수 있나 왠지 나 눈물 나
더 나은 세상과 내 사랑 매일 꿈꾸고 원해

되돌려도 이 세상 꿈과 사랑만 간절해
가슴 뛰는 삶 우리 죽는 날까지 가야 할 길

우리 원하면 꿈꿀수록
난 어떤 악에도 굴하지 않을 거란 그 자신감
굳은 행동 하날 갖고 살 거라고
꿈을 갖고 행하면 끝내 우린 해낼 걸
함께 이뤄낼 소원

울지 않아 수천 번을 넘어져도
무릎 꿇지 않아 밤 깊으면 새벽 이르러
위기를 기회로

우리 원하면 꿈꿀수록
난 어떤 악에도 굴하지 않을 거란 그 자신감
굳은 행동 하날 갖고 살 거라고
꿈을 갖고 행하면 끝내 우린 해낼 걸
함께 이뤄낼 소원

사실 적은 나 늘 내 맘을 따스하게 가져 정말

아~ 나를 찾아봐 내 안에 꼭꼭 숨어 있는 날 찾아봐

할 수 있는 그 자신감
굳은 행동 하날 갖고 살 거라고
꿈을 갖고 행하면 끝내 우린 해낼 걸
함께 이룰 멋진 인생 멋진 내일
영원토록 지켜가 하늘 높이 언제나
누구나가 아름답게 살 거라고
꿈을 갖고 행하면 끝내 우린 해낼 걸
함께 이뤄낼 소원 아~

너만을 사랑해

그 얼마나 널 얼마나
지울 수 있을까
도대체가 왜 이리도
머리가 무겁나

널 놓으면 널 잊으면
오늘 이 밤엔
내 심장이 마르도록
눈물을 거둬
지독히 미워해

널 사랑해
너무 너무나 네가 그리워 uhuh~
너무 너무나 네가 그리워 uhuh~
너무 너무나 네가 그리워

잘 사나요 잘 있나요
제발 돌아와 줘
매일 애태워도
이젠 되돌릴 수 없잖아

환한 웃음 빛난 두 눈
다시 또 한 번

널 알던 그때 생애 가장 기쁜 추억만
널 껴안던 세상

나 어떻게
나의 사랑 저 하늘 끝까지 uhuh~
나의 사랑 저 하늘 끝까지 uhuh~
나의 사랑 저 하늘 끝까지

처음같이 공기같이
너만을 좋아해
힘들어도 외로워도
너만을 사랑해

가슴 뛰는 삶

저 멀리 가는 길
나는 알지 못해
하루하루 힘들어도
꿈을 꿀 수 있잖아
내 가슴 뛰는 삶을 위하여
영원토록 나 웃는 날까지
자나 깨나 멈춰 서지 않아
뜨겁게 달려가

한계를 넘어서
내 꿈을 찾을까
행복의 문 사랑의 길
꽃을 피워 가는 것
아무리 아파한다고 해도
바람 부는 세상
물러서지 마
운명처럼 가꿔가는 인생
너무 사랑해

정말 사랑해

그대 너무 좋아해
내게 다가와

그대 너무 소중해
자꾸 생각나

매일 못 잊어
함께 있고 싶어

밤새 눈물 나
미치도록 아파

그대 너무 그리워
내게 돌아와

그대 너무 보고파
정말 사랑해

엄마 사랑

아프거나 슬프거나
함께 하시며
추운 날도 더운 날도
지켜주시네
햇살처럼 부드러운
엄마 사랑은
하늘보다도 높아

외로워도 힘들어도
감싸 안으며
못난 자식 불효자도
아껴주시네
천국같이 아름다운
엄마 사랑은
바다보다도 깊어

내 님아

내 님아 어딜 가니 첫사랑을 찾으러
수줍은 얼굴 어여쁜 옷을 입고서
바람난 낭군 찾아 서둘러 가네
바람 부나 눈 오나 그대의 소리

내 님아 울지 마라 어디 있다 이제 오니
너의 소식 좀 전하지 여태 무얼 했니
그동안 잘 지내고 괜찮은 거니
못 이긴 척 돌아와 줘 내 맘의 소리

내 님아 잘 있거라 세월에 인연 아닌 듯
엇갈리는 이 심정 너무 아쉬워
정말 괴롭구나 나도 모르게
아무쪼록 잘 살아 나만의 소리

모란 아가씨

모란 아가씨
봄바람 불어

능수버들 휘어진
야윈 모습에

가슴이 아파
나조차 몰래

연지 곤지 찍고서
시집간다고

발 동동 손 동동
나만 홀로 구르며

아무런 말도 못하고
울면서 뛰네

발 동동 손 동동
나만 홀로 구르며

아무런 말도 못하고
울면서 뛰네

왜 몰라

널 처음 만난 그 순간
하늘 높이 날아올라
흰 구름 위로 날아가 날아가 yeah
널 바라본 그리운 날
더 이상 내가 아냐
뜬구름 위로 올라타 올라타 yeah

참 이상해 숨이 막혀와
가슴 깊이 밤새도록 난
뜬눈으로 지샌 밤 보낸 밤

둘만 위한 비밀스런 말
서롤 점점 더 닮아가
마치 새로 태어난 듯이
모든 세상 달라 보여서
운명처럼 눈이 부셔와
새로 다시 태어난 듯이

바람 불어와도 좋아
아무리 힘이 들어도
함께 걸어가 언제나 언제나 yeah
편한 친구같이 너만을
원하고 바라볼 뿐

멀리 있어도 영원히 너만을 yeah
난 아득히 목이 메어와
그리워서 눈물 나서
늘 독한 술에 취한 날 우는 날
선녀처럼 아름다운 너
매일 수천 번 생각나
너무너무 사랑해 널
이런 내 맘 알고 있는지
죽을 만큼 정말 보고파
너무너무 사랑해 널

왜 몰라 왜 몰라 왜 몰라 왜
왜 몰라 왜 몰라 왜 몰라 왜
왜 몰라 왜 몰라 왜 왜 몰라 날

너만 좋아하니까 너만 전부라니까 영원토록 돌아와 제발
너만 좋아하니까 너만 전부라니까 영원토록 돌아와 제발

선녀처럼 아름다운 너
매일 수천 번 생각나
너무너무 사랑해 널
이런 내 맘 알고 있는지
죽을 만큼 정말 보고파

너무너무 사랑해 널

왜 몰라 왜 몰라 왜 몰라 왜 왜 몰라 왜 몰라 왜 몰라 왜
왜 몰라 왜 몰라 왜 왜 몰라 날
왜 몰라 왜 몰라 왜 몰라 왜 왜 몰라 왜 몰라 왜 몰라 왜
왜 몰라 왜 몰라 왜 왜 몰라 날

천생연분

영원한 내 행복 찾아서
자나 깨나 너만이 목말라
영원한 내 사랑 위하여
하루 종일 너만을 바라봐

너와 나 잉꼬커플 서로가 푹 빠져
나는 너 너는 나 하나로 닮아가
자꾸만 더 닮아져가

너만을 좋아해 언제나
밤새도록 아껴줘 안아줘
너만을 간절히 원할 뿐
어제보다 더 많이 사랑해

그 누가 뭐라고 말해도
난 난 너밖에

오늘도 내일도 네 곁에
나만이 오로지 네 곁에
운명같이 운명같이

너와 나 나와 너
천생연분 하늘 아래
두 손을 모으고 길을 가

우연히 하늘같은 당신

우연히 처음 만난 당신에게
오늘 밤 목메어 기를 쓰며 말해

아직은 당신을 알 수가 없어
토라져 있는 걸까
재는 것일까

웃으며 더 웃기며
함께 하는 이 밤이
나는 뜨거워 oh 숨 막혀

바보 같은 사람이
예쁜 두 손잡고서
걸어가요 좋아라

우연히 하늘같은 운명인지
영원토록 아껴주며 살고 싶어

그대

그대만이 환한 이 밤 영원히 빛나는 낮
잊지를 못해 눈물 나 거리를 걸으며
연인들 바라보면 추억이 밀려오면
하나하나 지난날이 생각나요

웃어 보아도 울고 싶은 나
못 해줘서 내 맘이 더 아파와

소중해 가슴에서 피어난
그대 내 안에 쉼 쉬는 꽃
너무 소중해 다 알알이
맨 처음부터 끝까지 그대만 내 사랑

그대만을 생각하면 그 순간 마법 같은 최면
하얀 천국 속을 날아 기쁨의 노래뿐
내가 가장 좋아한 꿈
우리 하나가 되어 싱글벙글 세상 사는 것

할 수 없다면 할 수 있도록
두 손잡고 별을 따는 이야기

말해요 죽을 만큼 사랑해
그대 뜨겁고 뜨거운 불

타지 않아도 탈 수 있게
나 외로워도 무조건 그대만 내 사랑

시간이 가도 있는 그대로 난
정말 함께할 그대 오직 원해요
사랑해 간절히 영원히 언제 어디서나
난 그댈 너무 좋아해

소중해 가슴에서 피어난
그대 내 안에 쉼 쉬는 꽃
너무 소중해 다 알알이
맨 처음부터 끝까지 그대만 내 사랑
그대 그대~ 그대

사랑 사랑 사랑

바람이 또 불어와 손끝을 스쳐가
그 다정히 걸었던 거리 간지러움 자꾸 떠올라

떠나는 널 바라만 보고 몹시 힘들어했어
언제나 만날 땐 뜨거운 포옹

마른침 삼키면서 거듭해서 널 그려
더 깊은 추억에 취해 또 눈물이 나
정말 길은 영원한 사랑을 원해
세상에 너만 가득한 사랑 사랑 사랑

사랑아 날아라 불일지도 몰라
죽도록 내게로 다가와 사랑 언제나 같이 갈 실낙원

새롭게 널 받아들이고 너무 즐거워했어
서로가 꿈꾸는 타오른 불꽃

내 맘 안 눈 뜨고서 하나 되어 다짐해
더 넓은 사랑에 녹아 늘 웃음이 나
정말 길은 영원한 사랑을 원해
세상에 너만 가득한 사랑 사랑 사랑

우~ 우 신나는 지구 피우자 유쾌한 세상사

하나 된 춤 노래 아름다운 우주여

매일 난 사랑 안에서 영원함을 꿈꾼다
더 높은 사랑에 익어 또 눈물이 나
정말 길은 영원한 사랑을 원해
세상에 너만 가득한 사랑 사랑 사랑

매일 난 사랑 안에서 영원함을 꿈꾼다
더 높은 사랑에 익어 또 눈물이 나
정말 길은 영원한 사랑을 원해
세상에 너만 가득한 사랑 사랑 사랑

나의 그대

나의 그대 예뻐요
정말 원해요

나의 그대 꿈꿔요
자꾸 생각나

이 밤 외로워
울고 우는 시간

홀로 술 한 잔
그대 그리워

나의 그대 돌아와
있는 그대로

나의 그대 소중해
너무 사랑해

6
아가씨

섹시한 입술 입술 훔쳐보고 싶어
너와 함께 붕붕 속도를 높여
화끈히 높게 은밀히 깊게

. . . .

나아가자

난 내 안에 길을 물어 불끈 주먹을 쥐고
하면 된다 하면 된다 부푼 소망을 다짐해

거친 세상에 눈물 흘려도 중심을 똑바로 세운다
매일같이 정말 원하면 언젠간 해낼 수 있는 법
가슴을 열고서

나아가 힘차게 어둠을 헤치고
웃으며 앞으로 밝은 내일을 향해
나아가 당당히 꿈은 이뤄지리
우리 하나 되어 노래해 희망으로

비바람에 쓰러져도 정말 웃을 수 있게
가슴 깊이 자나 깨나 난 태양을 봐

고된 운명아 길을 비켜라 하늘 높이 날개를 펼쳐
파란 창공을 날아서
다 함께 손잡고 모두가 꿈꾸는 세계로 가

나아가 힘차게 어둠을 헤치고
웃으며 앞으로 밝은 내일을 향해
나아가 당당히 꿈은 이뤄지리
우리 하나 되어 노래해 희망으로

나아가자 뜨겁게 나아가자 나아가자

오늘도 내일도 세상을 향하여
나답게 너답게 각자 리듬을 찾아
영원히 새로운 세상 만들어 가
오늘 이 순간에 푹 빠져 나아가자

나아가자 뜨겁게 뜨겁게 나아가자

그리워해요

하루하루 사랑했어요 만날수록 좋아져
가슴에서 사랑했었지요 웃으면서 울면서
밤새 나눈 대화 틈만 나면 고백 간지러운 귓속말

항상 그때 생각이 나요 잊지 못할 추억이
부드러운 눈빛 빠져드는 목소리
하루를 살더라도 그대 바랄 뿐 정말 그리워해요

그대 많이 보고 싶어요 나도 나도 모르게
그대 안에 살고 싶어 하죠 바쁜 시간 안에도
아름다운 세상 함께 하고 싶어 어쩔 수가 없어요

제발 제발 내게 와줘요 가슴에서 외쳐요
자나 깨나 아파와 아침부터 밤까지
이름을 불러 봐요 혼자 쓸쓸히 너무 외로워해요

오늘은 눈물 나도 웃을래 매일 그댈 보며 하고 싶은 말
좋아해요 정말 죽을 만큼 사랑해 그대만을 원해요
힘겨워도 같은 꿈 같은 길을 간다고
영원한 이 사랑을 알게 해줘서
너무 고마운 그대 정말 그리워해요

나의 길

꿈 찾아가는 것
자꾸 하다 보면
누구라도 할 수 있어
자나 깨나 한마음
세상에 주먹 쥐고 태어나
돌아가는 날 빈손인 것을
죽더라도 물러서지 않아
당당히 나아가

백 년을 꿈꿀까
하루를 산대도
나만의 벗 사랑의 길
가슴 뛰는 이 세상
해내지 못할 길은 없잖아
한 번 뿐인 인생
무릎 꿇지 마
바람 불고 비가 온다 해도
나의 길로만

한마음

내가 살아가는 것
내 꿈이 있는 거
무엇을 위할 건가
꿈은 멀어 보여도
불가능은 없어
기회는 열려 있어

한마음으로 한마음으로만
자신 있게 내 길을 간다
두려워 마라
누가 뭐라고 해도
당당하게 목숨을 건다

수천 번 쓰러진대도
죽도록 일어나
원하는 것을 위해
꿈은 이루는 자의 것
꼭 해야 할 내 길
한계를 넘어 나아가
노력해

한마음으로 한마음으로만
자신 있게 내 길을 간다

두려워 마라 누가 뭐라고 해도
당당하게 목숨을 건다

내 청춘아 자신과 싸워라 오직
청춘아 자신과 싸워라 오직
청춘아 자신과 싸워라 오직
봄날은 온다
진정 높이 날아가 크게 생각해
다시 태어난대도

이 세상 위해 내 꿈을 위해서
후회 없는 인생을 산다
흔들리지 마라 내가 만드는 세상
나만의 얘기 써 내려간다 oh yeah
I can do it I can do it
가슴 깊이 오늘을 산다

새벽에

웃으며 날 처음 만났을 때 그때 기억하나요
이상해 신기해 내 맘 떨려 와요
그대의 목소리에 빠져들어 나도 모르게 혼잣말
귀엽고 멋져라 예뻐서 좋고 신나고 기뻐

이 새벽에 홀로 누워서 이리저리 뒤척여
애를 써 봐도 잠은 안 오고 그대 생각나
미치도록 보고 싶어 자꾸 설레어
자꾸만 그대 떠올라 너무 그리워
헤아려봐도 잊을 수 없어

하늘만큼 그댈 바라보며 정말 사랑했어요
밤이나 낮이나 너무 즐거워요
매일 밤 그대에게 속삭이며 내내 달콤한 꿈을 꿔
춤추고 놀아요 내 맘은 뛰고 노래도 하고

이 새벽에 잠도 못 자고 일어서서 멍하니
달이 보이는 작은 방안을 왔다갔다 해
눈부시게 아름다운 그대 얼굴만
오로지 그대 생각나 있는 그대로
잠들 수 없어 이렇게 서서

할래

기억나 옛날의 나
왜 그리 숨찼는지
앞만 보곤 그냥 달렸어 난
무조건 하면 된다고
내 맘이 하고 싶은 것
결코 물러설 수 없는 꿈
당당하게 맞설 수 있어
무릎은 꿇지 마

내 맘에 달려 있어
세상은 나 하기 나름
어떻게 살 것인가
태어나서 죽을 때까지

때로는 큰 아픔도 날 비춰주는 등대 baby 나는 알 수 있어
나를 좋아하는 법 내 모든 것이 소중해
더 나은 곳 이루는 삶 baby 나는 할 수 있어 도전은 영원히

나는 시작할래 (할래) 할래 나는 시작할래 (할래) 할래
나는 시작할래 (할래) 할래 나는 시작할래 (할래) 할래 woah

홀로 왔다 가는 길
벼랑 끝에 세운 나

나의 용기를 보여줘
앞으로 당당히 나가
또 다른 세계 펼쳐가
잠들어 있는 미질 깨워
안에서 밖으로
내 맘이 원하는 길을 따라

내일은 해가 뜬다
인생은 나 하기 나름
어떻게 할 것인가
삶이란 파티 즐겨봐

때로는 큰 아픔도 날 비춰주는 등대 baby 나는 알 수 있어
나를 좋아하는 법 내 모든 것이 소중해
더 나은 곳 이루는 삶 baby 나는 할 수 있어 도전은 영원히

나는 시작할래 (할래) 할래 나는 시작할래 (할래) 할래
나는 시작할래 (할래) 할래 나는 시작할래 (할래) 할래 woah

때로는 큰 아픔도 날 비춰주는 등대 baby 나는 알 수 있어
나를 좋아하는 법 내 모든 것이 소중해
더 나은 곳 이루는 삶 baby 나는 할 수 있어 도전은 영원히

나는 시작할래 (할래) 할래 나는 시작할래 (할래) 할래
나는 시작할래 (할래) 할래 나는 시작할래 (할래) 할래 woah

할래…… 할래…… 할래…… 할래……

너를 위한 한마음

사랑한다는
네 말이 좋아

하늘만큼 땅만큼
너무나 사랑해

가슴이 터져
심장이 녹아

천년만년 살아도
오직 당신뿐

소중해 감사해
너를 위한 한마음

하늘 끝까지 단둘이
발맞춰 가요

소중해 감사해
너를 위한 한마음

하늘 끝까지 단둘이
발맞춰 가요

엄마

아기 아기 아기야
엄마 품이 좋아

편안한 웃음꽃 피는
고운 얼굴 모습

그 사랑 속 꿈의 나라
영원히 살고파

하하 호호 하늘 높이
부드러운 마음

아기 아기 아기야
엄마 품이 좋아

무조건 즐거워지는
포근함에 빠져

그 사랑 속 꿈의 나라
영원히 살고파

햇살같이 자나 깨나
따스해서 좋아

널 위해

널 위해 몰래 널 바라보며
몰래 내 맘대로 이대로 가버릴 거라
널 위해 몰래 널 떠나가 난
몰래 안녕이라고 여기서 끝이라고 난
멀어져 가는데 두 번 다신 더 이상
볼 수 없단 생각 속에
끝없이 눈물만
흘러 흘러
널 위해 정말 널 위해 난
이것만이 나의 길이라고
애써 주문을 걸어

널 위해 몰래 널 떠나가 난
몰래 안녕이라고 여기서 끝이라고 난
멀어져 가는데 두 번 다신 더 이상
볼 수 없단 생각 속에
끝없이 눈물만
흘러 흘러
널 위해 정말 널 위해 난
이것만이 나의 길이라고
애써 주문을 걸어

영원히

자나 깨나 원해요
사랑한다고 서로
정말 좋아한다고
영원히 노래해요
하늘의 뜻이기에
웃으며 살아요
너무 소중해
발맞춰 가요
자나 깨나 원해요
사랑한다고 서로
정말 좋아한다고
영원히 노래해요

그대 내게

그대 내게 원해요
자꾸 두근대

그대 내게 웃어요
내 맘 떨려와

나는 속삭여
나도 몰래 설레

밤이 새도록
우리 눈부셔

그대 내게 말해요
당신 착해요

그대 내게 기대어
정말 사랑해

내 님

내 님 어디에
꼭 숨어있나

보고 싶어 내 님아
너무나 그리워

가슴이 아파
심장이 떨려

눈물 펑펑 흘려도
사랑할 거야

단 하룰 살아도
내 님 따라 살 테야

아무리 힘이 들어도
내 님과 함께

단 하룰 살아도
내 님 따라 살 테야

아무리 힘이 들어도
내 님과 함께

아가씨

하나하나 내 맘 너무 몰라 너무 몰라 아가씨
정말 너무 몰라 너무 몰라 아가씨
정말 너무 몰라 너무 몰라 아가씨
정말 너무 몰라 너무 몰라
shake it shake it shake it shake it shake it

yeah 난 어떻게 기막혀 자꾸
섹시한 입술 입술 훔쳐보고 싶어
너와 함께 붕붕 속도를 높여
화끈히 높게 은밀히 깊게

바다가 보이는 푸른빛 서해안
가자 단둘이서
불어라 바람아
꿈꾸는 사랑 얘기
운명 같은 이 느낌
빨개지는 노을
바라보는 이 시간

두 손 잡고서 걸으면 너무 아름다워
이제 저 멀리 새들도 사라져 잠든 밤
저기 내 별 하나 빛나 백사장 안면도
점점 더 안고 싶어 밤새도록 영원토록

부드럽게 이 밤 너무 좋아 너무 좋아 아가씨
이 밤 너무 좋아 너무 좋아 아가씨
이 밤 너무 좋아 너무 좋아 아가씨
이 밤 너무 좋아 너무 좋아 hay

촉촉한 이 내 맘
터질 것만 같은 지금 이 순간
내 꿈이라고 생각하기엔
웃음만 자꾸 나와
마법같은 우리 인연
둘이 하나 되는 날

두 손잡고서 걸으면 너무 아름다워
이제 저 멀리 새들도 사라져 잠든 밤
저기 내 별 하나 빛나 백사장 안면도
점점 더 안고 싶어 밤새도록 영원토록

부드럽게 이 밤 너무 좋아 너무 좋아 아가씨
이 밤 너무 좋아 너무 좋아 아가씨
이 밤 너무 좋아 너무 좋아 아가씨
이 밤 너무 좋아 너무 좋아 hay

부드럽게 이 밤 너무 좋아 너무 좋아 아가씨

이 밤 너무 좋아 너무 좋아 아가씨
이 밤 너무 좋아 너무 좋아 아가씨
이 밤 너무 좋아 너무 좋아 hay

부드럽게 이 밤 너무 좋아 너무 좋아 아가씨
이 밤 너무 좋아 너무 좋아 아가씨
이 밤 너무 좋아 너무 좋아 아가씨
이 밤 너무 좋아 너무 좋아 hay

너무 좋아 hay…… hay hay ooooh…… 몰라 몰라 몰라
ea ea ea ea ea

7
내 꿈을 쏴라

심장이 터지도록 한계를 넘어서
언제 어떻게 무엇을 하고
내가 가야 하는지를
가슴 뜨겁게 달려 내 길을 향해

짝사랑

기억하나요 매일같이 오고 가며 마주치던 네 얼굴
왠지 설레어 그 시간 맞추어 매일 서둘러 가요

기다려요 가까이 오기를 내 맘은 두근대
떨리는 얼굴 난 빨개요
살짝 웃어주면 눈이 부셔요
오늘은 말 걸래요 자꾸 다짐만 하네요

또다시 그냥 스쳐 가나요
처음부터 너에게 한순간에 반했고
네 앞에선 맥 못 춰요 아무래도 좋아
세상에 너만 보여서

알고 싶어요 머리부터 발끝까지 너의 관한 모든 것
어떤 여잘까 이름은 무얼까 너의 사소한 것도

궁금해요 혹시나 애인이 있지는 않을까
초조한 하루 불안해요
내가 미치도록 바보 같아요
시간은 지나가도 너는 변함이 없는데

도대체 어떡해야 하나요
웃으면서 가볍게 인사부터 할까요

모르는 척 부딪쳐 우연을 만들까
이 밤에 너무 보고파

네가 예뻐서 심장이 떨려서
가슴으로 기도만 해요 나의 맘을 알 수 있도록

한심해 난 왜 이리 못났죠
잊을 수가 없어서 지워낼 수 없어서
다정하게 같은 길을 걸어가고 싶은데
발끝 맞춰 걷고 싶은데

내 사랑 그대

깊어가는 이 겨울 그대 떠오르는 밤
두근대는 그 추억 눈 감으면 잊혀 질까
매일 밤 수없이 속삭였잖아
서툴던 세상 속에서

지우질 못해 눈물 나 끝없이 생각나 그대를 난 또 찾아
어쩔 줄 모르게 떠나가서 믿을 수가 없었어
처음부터 못 견디게 자꾸만 그대를 원해

오늘은 하루 종일 흰 눈이 내렸어
사랑하고 싶은데 혼자 있기 싫은데
그 사람 그 얼굴 있는 그대로 너무도 좋아 내게로 와줘

지우질 못해 눈물 나 끝없이 생각나 그대를 난 또 찾아
어쩔 줄 모르게 떠나가서 믿을 수가 없었어
처음부터 못 견디게 자꾸만 그대를 원해

수천 번 수만 번 보고 싶은 사람
baby 아무리 헤아려도 그대인 걸 oh baby

사랑하는 그대여 꼭 한 번이라도 함께할 수 있다면
이 세상 단 하루를 산다 해도 그대 곁에 머물래
힘들고 외로워도 baby 아프고 눈물 나도
내 사랑 단 하나 그대

시집가는 날

고향 떠나 황진이 시집가는 날
뒤로 되돌아 바라봐 빙빙 갸웃대

고개 넘어온 뒤에 사무친 사람
숨이 막히게 눈물 나 첫날밤인데

여보 당신 내 낭군 말 좀 해다오
사랑하는 분에게 난 난 어떻게

물끄러미 우당탕 구경하다가
되레 모르는 척하며 당황해

고향 떠나 호랑이 장가가는 날
뒤로 되돌아 바라봐 빙빙 갸웃대

고개 넘어온 뒤에 사무친 사람
숨이 막히게 눈물 나 첫날밤인데

여보 당신 내 자기 말 좀 해다오
사랑하는 분에게 난 난 어떻게

물끄러미 우당탕 어색하다가
되레 모르는 척하며 황당해

서울 아가씨

서울 아가씨
살포시 오네

아름다운 눈웃음
하얀 얼굴에

어쩌면 좋아
내 맘이 떨려

그만 꽁꽁 얼어서
말도 못하네

집으로 가는 길
천사 같은 그 소녀

걸어갈수록 떠올라
꿈꾸며 가네

집으로 가는 길
천사 같은 그 소녀

걸어갈수록 떠올라
꿈꾸며 가네

상상의 꿈

한순간에 그만 반한 나
너무나도 예쁜 얼굴

내 맘은 뛰며 설레
꿈을 꾸며 찾던 사람아

누굴까 알아맞혀 봐
나를 따르던 동생이잖아

이제야 지금에 네 생각나
아주 어릴 적에 놀았지

난 몰래 웃어 보며
윙크하며 손을 잡고 두 눈을 바라봐

술 한잔하면 괜찮아
얼씨구 좋다 우리 둘 다 취한 밤

인생무상

젊은 날에 이루고자
다짐했던 높고 멋진 내 꿈
그땐 하늘 높은 줄 몰라
남자답다고

젊은 날에 넘어져도
세상 앞에 두려울 것 없어
망설이거나 겁먹지 않아
끝도 없이

어느샌가
시간에 쫓기어
아무것도 못 해
세월 속에
가슴 아픈 날들

아무 말도 못 해 난
후회해도 아니 되고
위로 아닌 위로 안타까워
정말 쓸쓸히 남몰래 우네
슬피 우네

길

내 길을 가는 것
나는 알고 있어
누구나가 아니래도
자신 있게 나아가
오늘도 가슴 뛰는 나의 길
내일을 위해 내 꿈 찾아서
영원토록 포기하지 않아
언제나 당당히

한계를 넘어서
내 꿈을 보여줘
한 걸음씩 세상 앞에
정말 잘해 보리라
아무리 힘들어도 끝까지
흔들리지 않아
가슴 열고서
미치도록 앞만 보고 달려
사랑 따라서

내 꿈을 쏴라

바라는 것 뭐야 난 알잖아
원하는 소원은 늘 내 안에
할 수 있다는 그 마음 언제까지나
이루고픈 소망 그 꿈 위해 외길만이 있을 뿐

살다 보면 누구나 처음엔 잘못해
비가 오나 눈이 오나 하고 또 하면 되는 것
캄캄한 어둠 속도 똑바로 정신만 차리면 돼
비바람이 아무리 휘몰아쳐도

시작해 미랠 이끌 나란 걸
두려워하지 마라 앞으로 나아가
두 발 굳게 내디뎌 내 꿈을 쏴라
저 높은 곳을 위하여 나는 꿈을 꿔

눈을 떠 하루가 내 자신
흔들리지 마라 나를 키워가
난 해낼 수 있다고 꼭 이룰 수 있다고
하늘 향하여 웃을 수 있게

시작해 미랠 이끌 나란 걸
두려워하지 말아 앞으로 나아가
두 발 굳게 내디뎌 내 꿈을 쏴라

저 높은 곳을 위하여 나는 꿈을 꿔

내가 만드는 세상사 인생사 단 한 번뿐
우리 함께 이뤄 나갈 따뜻한 이 세상
내겐 길 길 시작부터 끝까지
심장이 터지도록 한계를 넘어서
언제 어떻게 무엇을 하고 내가 가야 하는지를
가슴 뜨겁게 달려 내 길을 향해
더 나은 세상 위하여 높이 날아가

캣츠걸

새침데기 요조숙녀 까탈스런 꼬마 숙녀
깜찍 발랄 묘한 캣츠걸
처음 본 순간 이야 이뻐
네가 너무나 너무 너무나 네가 좋아라
가슴 뛰는 날
oh 내 맘 좋다 좋아
꿈도 꾸지 마 말도 안 돼

새침데기 요조숙녀 까탈스런 꼬마 숙녀
깜찍 발랄 튀는 캣츠걸
웃을 때마다 우와 기뻐
네가 너무나 너무 너무나 네가 좋아라
기분 째진 날
oh 내 맘 좋다 좋아
꿈도 꾸지 마 말도 안 돼
꿈도 꾸지 마 말도 안 돼
꿈도 꾸지 마 진짜 너야 나야

한 사랑

사랑한다는
그 말에 빠져

모든 것을 다 주고
떠난 사람아

가슴이 멍해
심장이 뚫려

깊은 밤에 나 홀로
눈물 흘리네

죽어도 살아도
그댈 위한 한 사랑

피할 수 없는 내 운명
흔들어 주오

죽어도 살아도
그댈 위한 한 사랑

피할 수 없는 내 운명
흔들어 주오

눈 오는 밤

둘이서 같이 꿈꾸던
익숙한 거릴 걸어가

작은 손잡고 가던
같은 길로만
이젠 나 홀로 거닐어

함께해서 행복한
깊은 추억들

아무리 감춰 봐도
떠오르는 얼굴

서로 좋아서 즐거웠던 만남들
떠날 수 없어 언제나

따스한 눈길 다정해
달콤했던 입술

잊을 수 없어 미치도록
생각나
터질 것 같아 심장이

멀리 있어도 영원토록
그리워
지울 수 없어 그대만

너만 사랑하니까

우리 만남 매일 좋은 날
예쁜 셔츠만 입고 나와도
하루에도 수십 번
설레는 가슴 끌리는 심장

아주 아찔한 간지러움
짜릿한 부드러움
처음부터 끝까지
너밖에 보이지 않아 oh
있는 모습 그대로 절대 흠이 없어
환상 속의 커플로

마력 있는 입술 매력 있는 향기
oh oh 숨 막히는 이상향
자신 있게 뜨겁게 내 맘이 하는 말
oh oh 너만 사랑하니까
oh oh 너만 사랑하니까
oh oh 너만 사랑하니까

아침부터 밤까지
따로 있어도 나도 모르게
오직 너만 생각해
미치게 즐거워서 행복해

네 섹시함에 달콤함에 취해서 붕붕 날아 (hay)
바라보기만 해도 참을 수 없는 기쁨 (hay) oh
함께 있기만 해도 가장 좋은 시간
영영 함께할 거야

세상 아무것도 두려울 것 없어
oh oh 우린 하나이니까
내 심장이 멈춰도 하늘이 무너져도
oh oh 오직 너를 위하여
oh oh 오직 너를 위하여
oh oh 오직 너를 위하여

자나 깨나 너를 녹인다 있는 그대로
우리 사랑 영원히
하늘 높이 너무 황홀해 스물네 시간

촛불

아니 땐 저 굴뚝에
연기가 왜 필까
아무리 감추려 해도
숨길 수는 없어

참된 진실 찾아
깨어나 눈을 떠
서로가 촛불이라고
너와 나 손을 잡아

바람아 불어라
또 다른 세계로
더 나은 세상 위해
광화문 (모두가) 나아가자

하늘을 손바닥으로
가리지 말아라
눈으로 보지 않아도
매일 해는 뜬다

파란 자유 찾아
새날을 향하여
더욱더 소리쳐 보자

더 높이 더 강하게

어둔 벽을 넘어
다 함께 춤을 춰
신나는 꿈을 위해
힘차게 외쳐보자

일편단심

구경 오세요
춘향이 찾아

능수버들 내 연인
부처 된다면

사랑이 좋아
내 님이 좋아

둘이 같이 걸어서
신화 속으로

한 사람 한 사랑
평생 품고 품으며

아무리 힘이 들어도
내 님과 함께

한 사람 한 사랑
평생 품고 품으며

아무리 힘이 들어도
내 님과 함께